刘沂春 著

四季如歌

诗文集

陕西新华出版传媒集团
陕西人民出版社

图书在版编目(CIP)数据

四季如歌 / 刘沂春著. — 西安：陕西人民出版社，2021.8

ISBN 978-7-224-14281-5

Ⅰ. ①四… Ⅱ. ①刘… Ⅲ. ①诗集—中国—当代 Ⅳ. ①I227

中国版本图书馆 CIP 数据核字（2021）第 138937 号

责任编辑：王　倩
封面设计：白　剑

四季如歌

作　　者	刘沂春
出版发行	陕西新华出版传媒集团　陕西人民出版社
	（西安市北大街 147 号　邮编：710003）
印　　刷	陕西金和印务有限公司
开　　本	787 毫米×1092 毫米　1/16
印　　张	12.5
字　　数	100 千字
版　　次	2021 年 8 月第 1 版
印　　次	2021 年 8 月第 1 次印刷
书　　号	ISBN 978-7-224-14281-5
定　　价	56.00 元

自序

这部诗歌散文集,收录了我在 2019 年至 2020 年间工作之余写的一些作品。

两年的光阴,在人生的长河中何其短暂!然而,七百二十多个日日夜夜里又会有多少事件发生:白衣执甲、抗击疫情、风花雪月、聚散离合……两年中,身边经历了太多的人和事,正是这些平凡而又伟大的人物和事迹,让我随想、随感、随悟,给了我许多启发,让我对生活的意义有了更深刻的思考。

一路走来,往事还来不及回忆,大部分光阴就这么匆匆溜走。在知天命之际,我萌发一个念头:要让岁月留下一些痕迹。基于这种想法,我在 2018 年把前几年存留的一些诗词散文集结成册,出版了《刘沂春诗词散文集》。闲来偶尔翻阅一下,写作时的情景还能浮现出来。不管这些作品能否给别人带来欢乐,能否引起读者的共鸣,首先自己的精神世界富足了,也不再为那些功名利禄的念想所左右。柴米油盐酱醋茶，几乎是我们这些凡夫俗子生活的全部，世间的不公、世道的艰难、世俗的烦恼，无时无刻不在困扰着我们。然而，一旦有了诗词、有了乡愁、有了远方，心中的不快就会迎刃而解，想不通的事情也就想通了，生活的压力也变小了。因此，诗词和写作也就成了我现在生活的一部分。

我有一个计划，力争每两到三年出版一本诗词散文集。这本《四季如歌》就是按照我的心愿，值此建党百年之际完成的。这些诗文不求对仗、不讲文法、不避俗字俗语、很少引经据典，但绝不做无病呻吟之状。希望这些作品或给您以启迪、或激励您奋发进取、或帮助您跨过艰难险阻，能让您心中充满阳光和正能量。

我们来到人世间，繁衍传承、劳作耕耘、创造财富；我们奔走忙碌、寻找良知，经历成败荣辱、爱恨情仇；我们或许不够惊天动地，或许不够伟大辉煌，或许不够名垂青史，但是我们每个人都在以自己的生活方式，诠释着生命的意义！

人生苦短，愿您平凡的生活里充满着诗情画意，四季如歌！

2021 年 8 月 11 日夜

目录

诗歌

003　访程颐程颢故里
004　陆浑水库
005　小年
006　过大年
007　岳麓书院
008　除夕
009　贺新年
010　南北之别
011　海上落日
012　南海
013　东坡书院
014　醉泸州
015　初春

- 016　闹元宵
- 017　劝友人
- 018　石泉颂
- 019　上弦月
- 020　曲江春早
- 021　和《曲江春早》
- 022　春分随想
- 023　京畿明月
- 024　鹅黄柳
- 025　庭院春色
- 026　落花
- 027　桃花
- 028　春到山村
- 029　和《春到山村》
- 030　处女泉
- 031　老马识途
- 032　柳絮
- 033　故乡感怀
- 034　四季如歌
- 035　繁花落尽

036	谷雨时节
037	秦岭之巅
038	林皋慢城
039	立夏
040	午子茶园
041	壶口瀑布
042	致童年
043	曲江池
044	祭花神
045	月照南湖
046	西乡赋
047	夏至日
048	无题
049	修心养性
050	人杰地灵
051	七夕
052	立秋
053	秋蝉声声
054	无题
055	游景山

056	水木清华
057	北京大学
058	天地间
059	不夜城
060	杜棱祭
061	中秋佳节
062	雨绵绵
063	秋水
064	秋夜思
065	塬上
066	独享南湖
067	霜降
068	晚秋
069	曲江头
070	岁月感悟
071	羲王故里
073	立冬
074	风吹残叶
075	常宁宫
076	曲江池

077	古观音禅寺
078	初冬
079	冬日暖阳
080	今日大雪
081	冬夜难眠
082	文笔山上
083	五省会馆
084	冬至
085	终南山
086	庆团圆
087	立春
088	迎春花
089	元宵节
090	宅
091	曲江之夜
092	雨水时节
093	问月
094	柔情似水
095	九九
096	樱花

四季——如歌

097　白衣执甲
098　春分
099　武侯祠
100　花儿黄
101　春色满院
102　昆明池
103　庚子清明节前访杜公祠
104　庚子清明哀词
105　明月当空
106　武汉重启
107　城墙内外
108　谷雨
109　积善余庆
110　古城
111　人生感悟
113　文人风骨
114　初夏
115　昨夜狂风
116　长安夜色
117　琴瑟

118	南湖月夜
119	今日芒种
120	晨曦
121	祭屈子
122	端午登高
123	万绿丛中
124	青青草原
125	拉卜楞寺
126	尕海
127	第一湾
128	花湖
129	晨练人
130	夏雨
131	莲花吟
132	夏夜
133	登华山
134	华山松
135	红海湾
136	问斜阳
137	秋阳

四季·如歌

138　丹心
139　分国忧
140　无题
141　读纳兰容若词有感
142　天蓝海碧
143　真仙境
144　秋分
145　钱塘江大潮
146　嵊州
147　八大处
148　秦楚古道
149　天汉雄风
151　小城
152　花开叶落
153　晚秋
154　雁塔旁
155　文武盛地
156　立冬
157　大明宫
158　冷雨

159　古城初雪

160　雁塔飞雪

161　心无忧

162　寒冬

163　贵妃粉

164　云中歌

165　游龙山

166　云卷云舒

167　沧海桑田

168　冬至感怀

169　冬日石榴

170　望终南山

游记随笔

173　感受泉州

175　空中随想

176　沉思

177　有感于《百年孤独》

179　甘南行记

183　钱塘江观潮

185　《高原之春》观后感

诗　歌

访程颐程颢故里

二程故里在嵩县,
程门立雪杨时谦。
斯文在此万世师,
奠基理学为圣贤。

2019 年 1 月 16 日于河南嵩县

陆浑水库

湖光山色牡丹开,
烟波浩渺柳枝摆。
春秋陆浑戎居地,
钟灵毓秀宾客来!

2019 年 1 月 17 日于河南嵩县

小 年

小年腊月二十三,

灶王述职①要上天。

家家祭灶供糖果,

多言好事保平安。

2019年1月28日于西安

注 ①灶王述职:相传每年腊月二十三,灶王爷都要回天庭向玉皇大帝禀报每家人的善恶,让玉皇大帝赏罚。

过大年

火树银花不夜天，
红红火火又一年。
沧桑历尽旧貌改，
古城古韵添新颜。
大雁塔下人如潮，
欢歌笑语入云端。
花车巡游穿时空，
难辨天上与人间。
赏心乐事眼前景，
烦恼忧愁抛一边。
古来万事东流水，
蜉蝣一世如云烟。

2019年1月29日于西安曲江

岳麓书院①

岳麓书院岳麓山，
静守渺渺湘江边。
人文鼎盛斯文地，
千年书院学脉延。

2019年1月31日于湖南长沙

注 ①岳麓书院：我国四大书院之一，北宋开宝九年(976)由潭州太守朱洞创建。元、明、清时期，均在此相沿办学。清光绪二十九年(1903)改为湖南高等学堂，1926年定名为湖南大学。朱熹、王阳明等思想家曾在此讲学。

除 夕

虽隔重洋似眼前,
虽未团圆胜团圆。
传统佳节除夕夜,
天涯共庆心意暖。

2019 年 2 月 4 日于西安曲江

贺新年

普天同庆迎新春，

天道酬勤惠万民。

瑞犬金猪相交贺，

岁月悠悠礼俗淳。

2019年2月5日于西安曲江

南北之别

西安与海南,
同日两重天。
南边似火热,
北方天地寒。

2019 年 2 月 9 日于三亚

海上落日

天际云海间，

橘阳恋西山。

弄潮波涛中，

依依不归还。

2019 年 2 月 9 日于三亚

南 海

小溪入大江，

神龟游海洋。

三亚鹿回头，

长安西北望！

                2019 年 2 月 10 日于三亚

东坡书院

东坡书院载酒堂,

一代文宗世人仰。

谪居儋州宣文教,

唐佐①中举破天荒。

茂林修竹先生悦,

沂水春风弦歌唱。

不系之舟跨海去,

人生如梦走四方。

2019年2月14日于儋州

注 ①唐佐:姜唐佐,生卒年月不详,字君弼,海南儋州人,宋朝文学家。宋哲宗元符二年(1099)九月至次年三月师从苏东坡。苏东坡"甚重其才",赞扬他的文章"文气雄伟磊落,倏忽变化";言行"气和而言道,有中州人士之风"。在宋代100多年里,海南从没有人进士及第。但苏轼北归不久,这里的姜唐佐就举乡贡。为此苏轼题诗:"沧海何曾断地脉,珠崖从此破天荒。"

醉泸州

泸州山水秀，
醇香千年酒。
花柳繁华地，
沱江城边流。

2019年2月16日于泸州

初 春

雨雪伴清风，
拂面不觉冷。
闲来信步走，
庭院感幽静。

2019年2月17日于西安

闹元宵

雨水时节闹元宵,

鸿雁北归春意早。

千古江山今朝新,

百世岁月当下好。

2019年2月19日于西安

劝友人

剪不断，
理还乱，
往事如烟。

情切切，
意绵绵，
何需纠缠？

看你柔肠欲断，
其实与我无关。

欲送不能，
欲走无言。
道声珍重，
牢骚满腹防肠断。

茫茫天涯路，
何必空自恋，
但愿知己伴！

2019年3月1日于曲江南湖

石泉颂

青山绿水太阳照,

石泉风光无限好。

蓝天白云蚕桑乡,

鬼谷故里寻真道。

2019 年 3 月 10 日于石泉

上弦月

万紫千红竞争春，

春回大地万物新。

明月何年初照世，

祈盼岁岁出新人①。

      2019年3月14日于曲江南湖

注 ①新人：指有新道德、新品质、新思想之人。

曲江春早

桃花杨柳万千条，

曲江南湖春来早。

游人如织忘归家，

一轮明月当空照。

2019 年 3 月 16 日于曲江南湖

和《曲江春早》

天涯织锦任逍遥,

水边妖娆柳丝绦;

千年古都多少事,

万里河山看今朝。

清泉居士于 2019 年 3 月 16 日

春分随想

莺飞草长花争媚，
春分时节西风吹。
昼夜平分不觉晓，
午后静卧难入睡。
缕缕琴声越窗来，
暮然旧事萦相随。
梨花落尽燕归时，
应是秦岭漫山翠。

2019 年 3 月 21 日于曲江

京畿明月

一轮明月镶夜空，

京畿处处亮晶晶。

嫦娥羡慕人间美，

从此无心恋月宫。

2019年3月22日于赴京途中

鹅黄柳

二月春风似剪刀，

剪出鹅黄万千条。

不与繁花争奇艳，

别具一格领风骚。

2019 年 3 月 25 日于北京颐和园

庭院春色

满院花开春又来,
莺歌燕舞又一载。
东隅已逝须忘我,
桑榆非晚莫悲哀。

2019 年 3 月 27 日于曲江

落 花

花开花落花满地，

匆匆一现化春泥。

我本不是无情物，

甘为他人作嫁衣。

2019 年 3 月 29 日于曲江

桃 花

桃花灼约迎风开，

群山巍巍披粉彩。

待到桃叶蓁蓁时，

累累硕果枝头载。

2019 年 3 月 30 日于长安区王莽镇

春到山村

蓝天白云空气净,

鸡鸣犬吠山村空。

油菜花开满山坡,

去年枯枝又逢生。

2019 年 3 月 30 日于蓝田县

和《春到山村》

枯树逢春雀巢垒，
天高云淡溪流水。
世外桃源惹人爱，
胜似神仙乐忘归。

2019年3月30日于蓝田县

处女泉

处女泉中无伊人，
蒹葭苍苍柳叶新。
春风日暖鱼儿醉，
罗衣莲蓬又逢春。

2019 年 3 月 31 日于西安

老马识途
——有感于陈飞导演《老马拉犁图》

老马识途何遮眼，

我将忘我勤耕田。

默行千里拖犁耙，

时时践行不生怨。

2019 年 3 月 31 日于西安

柳 絮

落花缤纷柳絮飞，
弱柳拂风挚手挥。
与君自此离别后，
魂牵梦绕难相随。

2019 年 4 月 8 日于西安曲江

故乡感怀

齐鲁大地多辽阔,

麦苗青青风儿歌。

魂牵梦萦今又还,

不忘乡土养育我。

2019 年 4 月 12 日于山东曹县

四季如歌

老树新枝春依然，
人间最美四月天。
盛夏烈日炎炎时，
草原驰骋心意远。
山花烂漫枫叶红，
醉赏中秋月儿圆。
冬有寒梅独自开，
瑞雪纷飞皆似霰。
四季如画又如歌，
莫负人生好华年。
岁岁年年人不同，
东流似水不回还。

2019年4月15日于归途

繁花落尽

昔日宫墙今不见，

却有孩童放纸鸢。

正值暮春绿翠浓，

繁花落尽满长安。

2019 年 4 月 19 日于西安大明宫

谷雨时节

谷雨时节花落尽，

树木郁郁亦可人。

荣枯盛衰皆常事，

静观万物不同心。

2019年4月20日于西安

秦岭之巅

横卧东西似苍龙,

秦岭处处郁葱葱。

山南山北两世界,

世俗风光各不同。

北麓之水入泾渭,

汇入黄河到东营。

长江滚滚东逝水,

丹江之口青又青。

自古南北分界线,

铁马啸啸风云涌。

多少英杰显身手,

指点江山史留名。

2019 年 4 月 21 日于秦岭

林皋慢城

林皋湖畔绿意浓,

长廊碧波杨柳风。

四方游人不期来,

若隐若现诗画中。

2019年5月1日于白水县林皋湖

立 夏

雷电交加云翻腾，
大雨倾盆阻人行。
桃花香缈荷香至，
蚯蚓掘土蝼蝈鸣。

2019 年 5 月 6 日于西安

午子茶园

风和日丽白云飘,

秦巴山顶云雾绕。

层层梯田层层翠,

午子茶园品仙毫。

2019年5月11日于汉中市西乡县

壶口瀑布

千里黄河一壶收，

雷霆万钧任嘶吼。

水急水缓似岁月，

东流到海不回头。

2019 年 5 月 22 日于宜川县壶口

致童年

人颜易老话沧桑，

童心未泯痴癫狂。

真诚自有千钧力，

不问世俗心坦荡。

2019 年 6 月 1 日于北京

曲江池

曲江如画灯火明,

梦回大唐酒未醒。

闲庭信步循岸走,

昔日辉煌水中映。

2019 年 6 月 4 日于曲江池

祭花神[①]

播洒汗水迎收获，
辛勤耕耘结硕果。
芒种感恩祭花神，
丰收在望奏凯歌。

2019年6月6日于西安

注　①祭花神：《红楼梦》中曾提到芒种祭花神的习俗，据说祭花神与农历二月初二迎花神相对应。一迎一祭，也算是有始有终，周而复始，一年便又逝去。

月照南湖

月照南湖湖更明，

长空明月映水中。

灯火辉煌呈盛况，

市井蓬勃现繁荣。

2019年6月9日于曲江南湖

西乡赋

秦巴峰巅落日圆,
牧马河上船扬帆。
午子茶香溢四海,
樱桃味美客人赞。

2019 年 6 月 12 日于西乡县新华宾馆

夏至日

玉带绕远山,

黛岑贲苍天。

已是夏至日,

枝摇风拂面。

2019 年 6 月 21 日于西乡县新华宾馆

无 题

芙蓉出水浮云飘，

亭亭玉立竞妖娆。

荷塘青青碧连天，

烟雨楼旁柳枝摇。

2019 年 6 月 24 日于曲江池

修心养性

有阳有阴有时光,

有汗有风有清凉。

小暑时节热浪袭,

清晨敞轩闻荷香。

2019 年 7 月 6 日于西安曲江

人杰地灵

地做戏台天做幕，

巧夺天工彩云舞。

年年岁岁有四季，

岁岁年年人杰出。

2019 年 7 月 20 日于西安曲江

七 夕

牛郎织女终相见，

月若无怨月会圆。

今夕曲终别梦去，

暑光寒影又一年。

    2019 年 8 月 7 日于西安曲江

立 秋

夏去秋来又一年，
寒蝉凄切时光短。
人生一世如蜉蝣，
快意恬淡自安然。

2019年8月8日于西安曲江

秋蝉声声

草青青,

水碧碧,

风拂垂柳韵依依。

秋蝉声声,

似泣似诉似悲啼。

秋蝉声声,

如歌如颂如赞礼。

一处风景,

两种心情,

喜怒哀乐皆由你。

2019年8月10日于西安曲江

无 题

不知东南西北风，

玉兔东升天渐冷。

亲朋好友今相聚，

知心话儿总关情。

2019 年 8 月 18 日于曲江南湖

游景山

万春亭上望故宫，
蓝天白云宇黄顶。
日照白塔映北海，
翠绿丛中鼓楼耸。

金尊世贸群楼起，
古今穿越北京城。
南北轴线中心点，
京华览胜第一景。

辑芳观妙相对建，
富览周赏各西东。①
京上之日是景山，
众星捧月万春亭。

2019年8月30日于北京

注 ①观妙、周赏、辑芳、富览：景山公园东西四亭，与万春亭呈众星捧月之势。

水木清华

自强不息天行健,
厚德载物地势坤。
精神独立善思考,
思想自由强内心。
名师云集贯东西,
人文思想越古今。
革旧鼎新历沧桑,
不屈不挠民族魂。

2019 年 8 月 31 日于北京

北京大学

未名湖畔有名园，

北大人文天下先。

与国与民同命运，

与时偕行①不等闲。

誉满天下育桃李，

引领潮流居前沿。

传统优良校风正，

敢于担当肯登攀。

2019 年 8 月 31 日于北京

注　①与时偕行：出自《易经》损卦，"损益盈虚，与时偕行"。

天地间

阳光白云和蓝天,
黄河大地与山川。
万米高空览胜景,
思绪驰骋天地间。

2019 年 9 月 1 日于归途

不夜城

好物好景好地方,

夏去秋来风送爽。

酒散人去意未尽,

不夜城里人影忙。

2019 年 9 月 2 日于西安曲江

杜陵祭

宣帝静卧在杜陵,
悠悠千载长安宁。
自古明君能有几?
轻徭薄赋民敬重。

虽然生在帝王室,
命运多舛如众生。
中兴之主民不忘,
业垂史书后世颂。

己亥年癸酉月辛亥日于杜陵

中秋佳节

天似水墨湖如镜，

大雁南飞秋风送。

大明宫里寄相思，

今宵邀月伴我影。

2019 年 9 月 13 日于西安大明宫

雨绵绵

中秋时节雨绵绵,

欲见嫦娥难如愿。

本是游客如潮时,

独享天宫降人间。

2019 年 9 月 14 日于曲江南湖

秋 水

仙风拂柳荷叶黄，

莲蓬高擎映斜阳。

一湖秋水诗意尽，

人间胜景在曲江。

2019年9月20日于曲江南湖

秋夜思

秋风秋雨入窗来,

夜伴孤灯难释怀。

闲坐半生空如许,

忽感重担责任在。

2019年10月5日于西安曲江

塬 上

深山日短渐转凉,

麦苗青青豆叶黄。

天高云淡地辽阔,

黄土塬上望斜阳。

2019 年 10 月 10 日于彬州市

独享南湖

秋雨秋风天气凉，
几丝虫鸣诉衷肠。
酒后独享南湖美，
错把曲江当苏杭。

2019 年 10 月 16 日于曲江南湖

霜 降

风刀雨剑树叶落，

气肃露结凝霜雪。

秋去冬来又一载，

笑望九天观银河。

2019 年 10 月 24 日于曲江南湖

晚 秋

曲江池畔书城旁，
笑声朗朗歌声扬。
晚秋时节天虽冷，
身上衣薄未觉凉。

2019 年 10 月 27 日于曲江书城

曲江头

池青鸭夜游，

金鱼伴左右。

不知水冷暖，

柳黄曲江头。

2019年10月31日晚于西安曲江

岁月感悟

古城墙下银杏黄，

落叶缤纷天微凉。

一年四季画中走，

岁月轮回费思量。

2019 年 11 月 1 日午于西安城墙公园

羲王故里

泽被华夏一万年，
羲王故里寄思念。
山云巇巘殿巍峨，
槐柏苍虬圣像现。

一画开天启文明，
象天法地德通玄。①
结网取火兴嫁娶，
神话传说三皇先。

河图洛书阴阳图，
卦台山上演先天。②
文王羑里扭乾坤，
卦爻作辞周公旦。③

孔子鲁国梦周公，
如虎添翼写易传。

易经深邃聚华夏，

群经之首儒道源。

2019年11月5日于甘肃天水

注 ①德通玄：引自曹植《伏羲赞》中"瑟以象时，神德通玄"。

②演先天：指伏羲始画先天八卦。

③周公旦：姓姬，名旦，是周文王姬昌第四子，周武王姬发的弟弟，曾两次辅佐周武王东伐纣王，并制作礼乐、卦辞和爻辞。

立 冬

告别秋日迎立冬，

灯明室暖溢温情。

休言寒来芳华尽，

秦岭山中颜色浓！

2019 年 11 月 8 日于西安

风吹残叶

风吹残叶鸭声起,
湖边枯柳无留意。
几盏寒灯映湖面,
蓝天白云犹梦里。

2019 年 11 月 12 日于曲江南湖

常宁宫

长安常宁宫,
依偎终南岭。
钟灵毓秀地,
灵感石为证。
悠悠千百年,
仍遗盛唐风。
民国风烟起,
恩爱几多情?
松柏连理枝,
四季树常青。
中正会客处,
啾啾鸟语声。
一切俱往矣,
皆在不言中。
时光易变迁,
日月恒流动!

2019年11月14日于长安区常宁宫

曲江池

锦鲤湖中游,
喜鹊闹枝头。
天蓝暖阳照,
曲江水长流。

2019 年 11 月 15 日于曲江南湖

古观音禅寺①

心净树更美,
叶黄惹人醉。
千年古禅寺,
香客潮如水。

芸芸众生中,
觉悟者是谁?
看树不是树,
心有大智慧。

看树只是树,
空看树一回。
看树还是树,
化羽云中飞。

2019 年 11 月 16 日于长安区凤凰岭

注 ①古观音禅寺:位于西安市长安区秦岭北麓的凤凰岭下。始建于唐贞观年间,寺内有千年银杏树一棵,郁郁葱葱,枝繁叶茂,落叶缤纷,相传为唐太宗李世民亲手所栽。

初 冬

日落天际红，

天蓝水澄清。

群山雪皑皑，

萧萧北国风。

2019 年 11 月 19 日于北飞途中

冬日暖阳

冬日暖阳，
水清柳黄。
悠悠白云，
苍苍城墙。
子非锦鲤，
何知鱼想？
谦谦君子，
飘逸凌霜！

2019 年 12 月 5 日于西安城墙公园

今日大雪

大雪时节无大雪，
仰望夜空见明月。
滚滚红尘痴情深，
对酒当歌尽欢乐。

2019年12月7日于西安曲江

冬夜难眠

风刀剪柳遍地黄,

玉盘高悬独孤凉。

阴晴圆缺寻常事,

旭阳依旧升东方。

2019年12月14日夜于曲江南湖

文笔山^① 上

灵秀秦巴紫阳茶，

文笔山上真人家。

长桥卧波连两岸，

汉江渺渺城披纱。

浮浮沉沉大半生，

拿起也须放得下。

待到明年花开时，

邀朋再来赏烟霞。

2019 年 12 月 16 日于安康市紫阳县文笔山

注 ①文笔山：位于紫阳县汉江南岸，景区占地面积 4.36 平方公里，分为文笔山休闲公园、真人诚信文化园、道教养生谷、滨江商业步行街四个功能区，是陕西省独具特色的道教文化主题旅游胜地。

五省会馆①

五省会馆临江渚，

木架殿宇巧建筑。

镏金楹联大成殿，

三间四梁雄浑屋。

树茂景深客寥落，

戏台空空罢歌舞。

壁画艺术现魅力，

物华天宝人才出。

2019年12月16日于安康市紫阳县北五省会馆

注 ①北五省会馆：指山西、陕西、河北、河南、山东五省的会馆，坐落于紫阳县城西南10公里处的瓦房店，最早建于清乾隆末年，现为第七批国家重点文物保护单位。会馆中的壁画绘于清道光至同治年间，是陕西省目前面积最大、保存最完好的壁画。

冬 至

冬至之日夜悠长,

一阳来复孕希望。

幸福莫过父母念,

团圆共享饺子香。

2019 年 12 月 22 日西安

终南山

山幽鸟声脆，

天蓝日生辉。

瀑布结冰柱，

白雪沁溪水。

小院起篝火，

琴声惹人醉。

星月镶天幕，

宾客迟迟归。

2019 年 12 月 29 日于秦岭

庆团圆

天佑中华度难关,

除夕家家庆团圆。

子庶丰登业兴旺,

平安福满庚子年。

2020 年 1 月 24 日于西安

立 春

全国上下心凝聚，

众志成城战瘟疫。

庚子鼠年百病除，

春回神州绿大地。

2020 年 2 月 4 日于西安

迎春花

昨日送乙亥,

今天庚子来。

迎春花如米,

竟与蜡梅开。

2020 年 2 月 4 日于西安

元宵节

正月十五吃元宵,

千年古城万籁悄。

孤月独自上高楼,

不见人间花灯闹。

2020年2月8日于西安

宅

闲来闻书香，

品茶赏海棠。

百花盛开时，

再去沐春光。

2020 年 2 月 9 日于西安

曲江之夜

曲江之夜灯火明，

街巷悠长无人影。

往日喧嚣不复在，

似鸟宅居抗疫情。

2020 年 2 月 17 日于西安

雨水时节

雨水时节天空蓝,

惠风和畅暖家园。

春回大地百花开,

送走瘟神展笑颜。

2020 年 2 月 19 日于西安

问 月

滔滔汉江水,

奔流不复回。

对月向天问,

辉下人是谁?

2020 年 3 月 7 日于安康市

柔情似水

江水滔滔,
淑女窈窕。
舞姿蹁跹,
衣袂飘飘。
长河漫漫,
几多英豪?
蜉蝣一生,
快乐逍遥。

2020 年 3 月 8 日夜于安康市汉江畔

九 九

九尽春深换新柳,

乍暖还寒花梢头。

人间三月皆风景,

有心何须下扬州。

2020 年 3 月 11 日于西安曲江

樱 花

樱花分外娇,

似与春风笑。

不为惹人眼,

只愿枝叶茂。

2020 年 3 月 12 日于西安曲江

白衣执甲

白衣执甲逆向行，
大爱无疆护苍生。
冬去春来终凯旋，
莺歌燕舞迎英雄！

2020年3月17日于西安曲江

春 分

昼夜均分寒暑平，
三月处处皆风景。
莺歌燕舞春意闹，
花团锦簇柳叶青。

2020年3月20日于西安曲江

武侯祠①

定军山下武侯祠,

天下第一蜀皇赐。

兴复汉室还旧都,

鞠躬尽瘁垂青史。

2020年3月22日于汉中勉县

注 ①武侯祠:陕西勉县武侯祠是纪念中国历史上杰出的政治家、军事家、三国蜀相诸葛亮的祭祀祠庙。位于陕西勉县城西3公里处的108国道边。始建于蜀汉景耀六年(263),是全国众多武侯祠当中建祠最早且唯一由皇帝(蜀后主刘禅)下诏修建的祠庙,故有"天下第一武侯祠"之美称。

花儿黄

油菜花儿黄,

蜜蜂嗡嗡唱。

汉水青又青,

随风起波浪。

2020年3月22日于汉中勉县

春色满院

春色满院沐朝阳,

鸟语花香精神爽。

送走瘟神燕归来,

莫负韶华日月长。

　　　　2020 年 3 月 25 日于西安

昆明池

汉武大帝练精兵，
昆明池上风樯动。
千古兴衰多少事，
日月星辰做见证。
在水一方鹊桥会，
伊人原是牵牛星。
蒹葭苍苍诗经里，
天上银河挂沣东。

2020 年 3 月 26 日于西安

庚子清明节前访杜公祠①

少陵今犹在，造访门不开。

独自登高处，圣土貌未改。

远离长安城，偏隅十余载。

静观繁华尽，察民泪伤怀。

秦岭松高洁，华夏有龙脉。

上下五千年，诗词传万代。

2020年4月3日于西安市长安区

注 ①杜公祠：位于长安区韦曲镇东的少陵塬畔，距西安市约12公里，是杜甫的祠堂，它北倚少陵塬，南临樊川，祠内花草茂盛、环境幽雅。杜甫和少陵颇有渊源，他曾长期居住在少陵附近，又因远祖杜预本是长安人，所以自称"少陵""少陵布衣""杜陵野老""杜陵野客"，诗集也以《少陵集》命名。杜甫在长安居住十年，又在关中各地颠沛流离四年多。754年，杜甫43岁那年，把全家接到长安少陵塬，秋末，霖雨下了60余日，庐舍墙垣，颓毁殆尽，无法再维持，只好投奔妻子杨氏的亲族，到离长安120公里的奉先（蒲城）居住。他的一生如同他的诗风一样沉郁苍凉而不失雄浑瑰丽，落霞满山的少陵塬上，也许可以再现当年的长恨秋歌！

庚子清明哀词

笛音哀鸣划长空，
山河呜咽草木静。
悼念逝者祭英烈，
同舟共济抗疫情。

2020 年 4 月 4 日于西安

为表达全国各族人民对抗击新冠肺炎疫情斗争牺牲烈士和逝世同胞的深切哀悼，国务院发布公告，决定 2020 年 4 月 4 日举行全国性哀悼活动。在此期间，全国和各驻外使领馆下半旗志哀，全国停止公共娱乐活动。4 月 4 日 10 时起，全国人民默哀 3 分钟，汽车、火车、舰船鸣笛，防空警报鸣响。

明月当空

明月当空照,

繁星影稀少。

柳绿花红处,

蛙声已如潮。

2020年4月7日于西安曲江

武汉重启

江城今日开城门，

七十六天降瘟神。

凤凰涅槃何所惧？

浴火重生武汉人。

黄鹤楼上灯光璨，

龟山蛇山换绿荫。

九省通衢重开启，

阳春三月日日新！

2020年4月8日于西安曲江

4月8日零时，武汉重启。夜不能寐，赋诗一首，以表达对武汉人民在抗击新冠肺炎的伟大斗争中所付出巨大牺牲的敬意。

城墙内外

城墙内外有乾坤，

一朝日月一朝新。

岁月静好心安然，

花开花落几度春。

2020年4月15日于西安城墙公园

谷 雨

雨生百谷春意尽,

莺飞草长气象新。

物是人非又一载,

不负流年好光阴。

    2020 年 4 月 19 日于西安曲江

积善余庆

造访同门兄①,
积善有余庆。
畅饮太岁茶,
心神顿轻松。

2020年4月20日于西安浐灞

注 同门兄:张剑波,易理太岁山水画家,曾共同就读于北师大哲学院易学专业。

古 城

窗含秦岭四季景，
院植玫瑰万种情。
高楼林立入画来，
蓝天白云映古城。

2020 年 4 月 25 日于西安

人生感悟

人生是一条奔腾不息的河流，

童年是河的源头：
雪山溪水，清澈见底，
流饮歌唱，无虑无忧；

少年是河的上游：
高山峡谷，奔涌不息，
书生意气，赋词说愁；

青年是河的中游：
迂回曲折，湖泊密布，
不负韶华，中流砥柱；

中年是河的下游：
水缓江阔，渺渺沙洲，
满腹经纶，大显身手；

老年是长河入海、万事已休：

云蒸霞蔚，绚丽多彩，

波澜壮阔，一路风流。

循环往复，周而复始，

生生不息，天地悠悠！

2020 年 5 月 4 日于西安

文人风骨

曲江处处皆诗文,

大唐盛世留余韵。

文人风骨如磐石,

功名利禄似浮云。

    2020年5月6日晚于西安

初 夏

初夏绿意浓，

清风和鸟鸣。

蓝天衬素云，

湖水映新城。

2020 年 5 月 17 日于西安

昨夜狂风

昨夜狂风惊梦醒,

卧听窗外犬吠声。

天亮树静风已止,

鸟鸣蝶舞乾坤净。

2020 年 5 月 18 日于西安

长安夜色

灯火通明炫长安，

花车锦绣越千年。

大唐盛世入青史，

无限风光看今天。

2020 年 5 月 22 日于西安

琴 瑟

波光粼粼映彩霞,

泛舟南湖思无涯。

人生五十知天命,

不负琴瑟好年华。

    2020年5月24日于曲江

南湖月夜

南湖月朦胧,

夜色犹梦境。

弱风拂柳处,

闲坐听蛙声。

2020 年 5 月 26 日于曲江

今日芒种

烈日当空酷暑长,
绿树成荫借清凉。
不务农事三十载,
忽忆童年麦收忙。

2020 年 6 月 5 日于西安

晨 曦

鸟唱唤梦醒,

晨曦伴路灯。

满院芳草碧,

初夏万物生。

2020 年 6 月 12 日于西安

祭屈子

艾草浓浓粽飘香，
庚子鼠年送端阳。
神州万里祭屈子，
无韵离骚谱华章。

2020年6月25日于西安

端午登高

大明宫中含元殿，

天柱高擎北辰远。

多少才俊怀帝阙，

侍奉宣室帝不见。

盛唐遗址今犹在，

翔鸾栖凤揽长安。

帝王将相在何方？

千年荒冢草丛间。

2020年6月25日于西安大明宫

万绿丛中

万绿丛中几点红,
野鸭戏水忽西东。
巧夺天工似画卷,
匠心独运谁绘成?

2020年6月26日于曲江南湖

青青草原

青青草原溪水流,
地上黄花频招手。
牛羊成群鸟儿飞,
天空白云乐悠悠。

2020 年 7 月 2 日于桑科草原

拉卜楞寺

拉卜楞寺阳光照，

背靠苍山河水绕。

法轮常转真净土，

宝顶生辉信徒朝。

2020年7月2日于甘肃夏河县

尕 海

湿地寻梦在尕海，
人间天堂百鸟爱。
水草丰美牛羊壮，
烟云蒙蒙雾霭霭。

2020 年 7 月 3 日于甘南

第一湾

黄河来天边,

远山白云间。

奔流东到海,

九曲第一湾。

2020年7月4日于四川若尔盖县

花 湖

花湖湿地斜阳照，

山远云低青青草。

小鸟水中轻轻唱，

花儿迎风含羞笑。

2020 年 7 月 4 日于四川若尔盖县

晨练人

满湖烟柳满湖景，

半亩荷塘半亩情。

形形色色晨练人，

眼中风光各不同。

        2020年7月11日于曲江南湖

夏 雨

夏雨涤古城，

暑消惠风生。

人处低谷时，

莫叹路不平。

2020 年 7 月 12 日于曲江南湖

莲花吟

不为世人赞，

只为结蓬莲。

花开花落去，

生生无遗憾！

2020年7月13日于曲江南湖

夏 夜

雨歇云散暑消尽，
风拂细柳空气新。
荷廊藕榭入画来，
曲江池畔多丽人。
湖东湖西相望冷，
路有华灯照我身。
欢歌犹在梦依稀，
蛙声酒醒夜销魂。

2020 年 7 月 18 日于曲江南湖

登华山

雨中山更险,

无愧英雄汉。

天威在咫尺,

峻极显尊严。

2020 年 7 月 25 日于陕西华阴市

华山松

才过莲花洞,

又到翠云宫。

登峰造极处,

满目华山松。

2020 年 7 月 25 日于陕西省华阴市

红海湾

天蓝海碧千层浪,

重重叠叠泛粼光。

涛声震天和风起,

朵朵白云伴巳阳。

2020 年 8 月 14 日于广东惠东

问斜阳

白云山上问斜阳,
人生终点落何方?
回首再望荆棘处,
云遮归途海茫茫。
恍然如梦心依旧,
精彩还看下半场。
开弓没有回头箭,
会当凌云放眼量。

2020 年 8 月 16 日于广州

秋 阳

秋阳映古城,

旌旗猎猎红。

蓝天白云下,

安享清凉风。

                2020 年 8 月 31 日于西安

丹 心

一湖痴情水，

四季不同天。

留取丹心在，

风云任变幻。

2020 年 9 月 5 日于西安

分国忧

九州花园多垂柳,

太阳树下夜光酒。

兄弟之间话真情,

砥砺前行分国忧。

2020 年 9 月 7 日于西安

无 题

紫气入户来,

知香吻茶台。

静心研诗书,

秋到轩窗外。

2020 年 9 月 13 日于西安

读纳兰容若词有感

谁念西风独自凉，

萧萧黄叶闭疏窗。

大雁南飞声欲碎，

沉思往事立残阳。

被酒莫惊春睡重，

读书消得泼茶香。

酒不醉人人自醉，

当时只道是寻常。

2020 年 9 月 15 日于西安

天蓝海碧

天蓝海碧海鸥飞，

长岛清静螃蟹肥。

正是秋高气爽时，

风光无处不秀美。

2020 年 9 月 19 日于山东蓬莱

真仙境

海天相融真仙境，
蓬莱阁里遇苏公①。
本同八仙过海去，
怎奈心中还有梦。

2020年9月21日于山东蓬莱

注 ①苏公:指苏轼。

秋 分

又是一年树叶黄,

古城墙下话沧桑。

男儿逢秋常作客,

独我尽享桂花香。

2020 年 9 月 22 日于西安

钱塘江大潮

汹涌澎湃天际来,

排山倒海一线开。

如期而至呼啸过,

逆流而上惊天外。

    2020年10月2日于浙江海宁

嵊 州

七山一水二分田,
诗路嵊州咏千年。
书圣归隐留行踪,
感怀越韵享盛宴。

2020 年 10 月 4 日于浙江嵊州

八大处

佛教古刹八大处,

登高望远祈洪福。

三山环抱生玉水,

十二花园景如屋。

2020年10月7日于北京八大处公园

秦楚古道

秦楚古道百草香，

观云台上沐日光。

群山连绵入画来，

南草北木景异样。

2020年10月17日于商洛市柞水县营盘镇

天汉雄风

序

宇宙之道分阴阳，
万物生长化收藏。
五行金木水火土，
唯汉翘楚天垂象。

一　高祖立汉

大风起兮云飞扬，
甲乙为木生东方。
高祖何以立天下？
汉初三杰谱华章。

二　出使西域

出使西域安边疆，
壮哉张骞日月煌。
苏武牧羊十九载，
马嘶雁鸣悲王嫱。

三　汉武雄风

金屋藏娇缘平阳，
莫负当下好时光。
罢黜百家尊儒术，
化裁天下举贤良。

四　史记之光

太史公记为绝唱，
蔡伦造纸永流芳。
班固班超承父志，
文君相如凤求凰。

五　光武中兴

光复汉室迁洛阳，
以柔兴国能安邦。
道教兴起佛入华，
文姬归汉回家乡。

跋

汉人汉语汉城墙，
汉城遗址尽苍茫。
汉德荡荡映华夏，
天汉雄风何皇皇？

2020年10月18日于西安汉城湖

小 城

小城夜色美，

月光似流水。

星星缀满坡，

匠工知是谁？

2020年10月28日于咸阳市旬邑县

花开叶落

花开叶落几春秋，

人生一世如蜉蝣。

俯仰无愧天与地，

何叹江河万古流？

2020 年 10 月 31 日于西安

晚 秋

蒹葭苍苍银杏黄,

垂柳依依恋斜阳。

湖天一色孤鹜飞,

晚秋风来菊花香。

2020 年 11 月 1 日于曲江南湖

雁塔旁

慈恩寺里雁塔旁,

人影稀少秋风凉。

忽忆二十年前事,

绿茵地上沐春光。

2020 年 11 月 3 日于西安

文武盛地

文武盛地钟鼓楼,

人生一世各千秋。

何羡他人比己好,

退而结网待从头,

2020年11月6日于西安钟鼓楼广场

立 冬

立冬不入冬，

阳光暖古城。

大地尽缤纷，

霜染秦岭红。

2020 年 11 月 7 日于西安

大明宫

盛世都城大明宫,

天柱高擎侬恢宏。

帝王后妃今何在?

荒冢一堆掩草丛。

2020年11月7日于西安大明宫遗址公园

冷 雨

冷雨伴西风，

叶落枝头空。

曲江池水寒，

古城又一冬。

    2020 年 11 月 20 日于西安曲江

古城初雪

小雪时节雪纷纷,
苍天茫茫地淋淋。
斗转星移又一载,
国泰民安万事顺。

2020年11月22日于西安曲江

雁塔飞雪

雁塔飞雪始夜半,

晨起窗外羽漫天。

今冬初雪如约至,

银装素裹迷人眼。

鼓楼隐坐迎飞羽,

钟楼傲立祈丰年。

千年古都十三朝,

唯有今朝醉人间。

2020 年 11 月 23 日于西安曲江

心无忧

冬日暖阳风拂柳，

百鸟和唱树梢头。

身边黄叶萧萧下，

长乐常驻心无忧。

2020年11月28日于西安长乐公园

寒 冬

风吹湖面起波澜，

游客稀少船泊岸。

霜打黄叶柳垂首，

乌云遮日天地寒。

2020 年 12 月 3 日于曲江南湖

贵妃粉

马嵬坡前香不散，
众女取粉为哪般？
姿色羞花倾城国，
怎奈独泣千百年。

2020 年 12 月 5 日于兴平市

云中歌

幽谷赏雪沐暖阳，

草庐品茗知茶香。

挥毫泼墨写春秋，

众香国里画鸳鸯。

2020年12月12日于长安翠华山

游龙山

瑞雪纷飞游龙山，

云中阁里赏牡丹。

一壶茗茶仕玉心，

友朋畅饮谈笑间。

2020年12月13日于长安游龙山

云卷云舒

水墨泼就翠华山，
云卷云舒入画卷。
一年四季景不同，
冬月白雪尽渲染！

2020 年 12 月 19 日于长安翠华山

沧海桑田

千辗万转路不定，
冰洞天洞似迷宫。
千姿百态石成海，
斧劈刀削有神工。

2020年12月19日于长安翠华山

冬至感怀

冬至如期至，

乾坤最守时。

吾辈天地生，

诚信待彼此！

2020 年 12 月 21 日于西安

冬日石榴

冬日石榴树上挂,

火红柿子遭霜打。

人杰地灵兴乡村,

物华天宝富农家。

2020 年 12 月 27 于咸阳市礼泉县

望终南山

金秋落日圆，

望断终南山。

恬淡人心静，

何嫌车马喧？

2020 年 9 月 6 日于西安

游记随笔

感受泉州

第二届海峡两岸人居环境与闽南古建筑学术研讨会在福建泉州晋江举行，我随北师大哲学院冯伟光院长和易学博士班前去参加会议。

晋江为福建省下辖县级市，由泉州市代管，是闽南金三角的核心，与宝岛台湾一水之隔，距泉州市仅十来公里。我之前没去过泉州，所以想借机看看，要不也太遗憾啦！

午休后，便打车前往泉州。路上司机一再建议我去一下五店市，这里是闽南红砖古厝集中地，都是些闽南特色建筑，有很多让人耳目一新的文艺小店，还有条美食街可以品尝泉州风味小吃。中午，天气正热，走马观花地逛了一圈，还是想尽快赶到泉州。

在去泉州钟楼的路上，天边的乌云正朝市区上空卷来，师傅是本地人，他说这里的雨说下就下，说停就停，让我不必担心。从酒店出来时，我还特别留意了一下天气，当时艳阳高照，觉得没有带伞的必要，竟不知东南沿海的天气说变就变，像小孩子的脸。

泉州市的钟楼真让我大失所望，也许是我看多了西安钟楼的缘故吧。它是1934年泉州市建东西大街时才建的，高13.8米，欧洲风格，周围的建筑红砖红瓦，楼层不高，街道也比较狭窄。不像西安，以钟楼为中心的东西南北四条大街宽阔、大气。此时，豆大的雨点开始向下砸，临街的商店都带有走廊，顾客淋不到雨，这点很人性化。

沿着来时的路往回走，先到文庙。

泉州是海上丝绸之路的起点，在东西方经济和文化交流中具有重要作用，因而此地文化繁荣、兼容并包。对教育的重视，使得泉州钟灵毓秀、人才辈出。形成于宋代的文庙是泉州昌盛的见证，是社会进步的象征，也是泉州的文化坐标之一。 走出文庙，空中仍然乌云密布。

我又去关岳庙，关岳庙位于涂门街，已有一千多年的历史，木雕、石雕和泥塑装饰精美，屋脊剪瓷龙雕，造型各异，其间配有花鸟走兽，活灵活现，体现了闽南古建筑的艺术风格。 这里信众熙熙、香客攘攘。 关羽对国家忠、对朋友义，一身浩然正气，明代奉关羽为"武圣"，文拜孔子，武拜关圣。

此时大雨倾盆，幸好能在关岳庙避雨。 感谢关圣和岳公武穆的恩赐，使我没有淋雨，衣鞋未湿。

雨停了，天气格外凉爽。

2019 年 7 月 27 日于福建泉州

空中随想

从南京起飞时，天空还飘着绵绵细雨。飞机穿进云层，我从舷窗往外看，飞机被浓浓的大雾包裹得严严实实。

飞机继续爬升，终于穿透团团迷雾，进入平流层，开始了平稳飞行，机舱的灯也亮了，一切进入正常状态。

飞机向着西边的太阳飞去，舷窗外霞光万道，往下看厚厚的云层像积雪、像棉花，蓝天白云交汇处的天际，宛若仙境，这是在地面上无论如何也无法看到的景色，无法享受到的视觉盛宴。窗外忽儿掠过的薄薄的云雾又像几匹被风吹散开的白纱。

飞机偶尔迎面遇到气流会颠簸得厉害，空乘甜美的嗓音、温柔的安慰，使我悬起的心慢慢平静下来。

直到飞机又一次穿进浓雾中，慢慢开始下降。到了，西安，我的家！

沉思

斗转星移，立春又至，庚子鼠年来了。

突如其来的新型冠状肺炎病毒疫情，被世界卫生组织列为"国际突发公共卫生事件"，中国举国上下，众志成城，团结奋战，防控疫情。今年春节假期是中国人最漫长的假期，也是最冷静的一个假期。我终于有足够的时间去回望沉思。

"弃我去者，昨日之日不可留"。昨天的日子已经离我而去，留也留不住啊。前半生过往的岁月已成为历史，化为陈迹。

在下一个鼠年，也就是2032年壬子年，我也将告别职业生涯。

人生苦短，我们每个人都只是世界上一个匆匆过客，最重要的是要把握好现在手中的幸福，珍惜身边的人，意想不到的事情随时会发生，我们要随时调整自己的心态。

失去是一种痛苦，也是一种幸福。我们虽然失去了绿色，却迎来了丰收的金秋，送走了太阳，却换来了漫天繁星。

2020年2月5日立春于西安抗击新冠肺炎的日子里

有感于《百年孤独》

感谢哥伦比亚小说家加西亚·马尔克斯的《百年孤独》伴我度过了在疫情期间那些寂寞孤独的时光。

这部长篇小说将现实与魔幻情境巧妙融合，营造出一个引人入胜的世界。它所包含的思想内涵、塑造的人物性格、生存状态都有着极强的时代烙印及深远的历史意义，对当时的社会现状有着极其深刻的剖析。

布恩迪亚家族整整七代人，一百多年的历史，却循环使用着同样的名字，做着同样的事情。它看似一部家族的兴衰史，实则映射出拉丁美洲的历史变迁以及拉美人民的深重苦难。

离群索居、不图变革、蒙昧混沌的生存状态等都是导致小说人物走向悲剧的深层次原因。

马孔多最终被一阵飓风从大地上抹去，那些注定要忍受百年孤独的人不再有在世界上生存的机会。

主人公奥雷里亚诺·布恩迪亚上校的传奇人生以及马孔多人百年心酸的孤独之旅，反映出统治者的残忍、政客的虚伪、民众的愚昧和盲从。

作家正是通过深入挖掘拉美人民"孤独"的根源，呼吁人们从精神上团结起来，反对不公，变革图强，进行不息斗争。

马尔克斯这部鸿篇巨制从构思到完稿整整用了十三年的时间，架构宏大，人物众多，且个性鲜明，时间跨度长。书中惯常使用长句，尤其是一串串排山倒海、势如破竹的排比句让人读来畅快淋漓、拍案叫绝，就像享受了一场盛宴。读过莫言小说的读者应该感受到莫言的小说也有《百年孤独》的影子。难怪莫言感叹："原来小说可以这么写。他打开了我们头脑中的很多禁锢。"

抗击疫情的战疫已经告一段落，以后再难有这么长且无人打扰的假期能静下心来研读名著的了。明天就要正常上班，我心中默念，别了，勤劳、善良、坚韧、顽强而又理性的乌尔苏拉女主人！别了，那些不懂爱情、不善沟通、缺少关爱而又精神贫瘠的布恩迪亚家族的朋友们！！别了，那些把自己封闭在牢不可破的孤独世界里苦苦挣扎、自我麻醉的马孔多的人们！！！

2020 年 2 月 23 日于曲江

甘南行记

7月2日

很多年没来兰州了,待了两天,叙过友情,好友推荐我们去甘南玩玩,并借给我们一辆越野车。据说现在正是甘南最美的季节,草木青青,天气凉爽。而且学校还未放暑假,游人不会太多。机不可失,于是第三天我们便驱车向甘南进发了。

做了些功课,计划先游桑科草原、拉卜楞寺,夜宿夏河县。

临夏是回族自治州,高速公路两旁清真寺很多,各式各样,到了这里,就深切地感觉到我们国家是一个多民族融合的大家庭。由于到夏河县的高速还没有修好,道路不那么顺畅。下午3点多,我们终于到达了桑科大草原。

草原上蓝天白云,满眼翠绿,成群的牛羊像一片片散落在山坡上的珍珠。草原上的公路仿佛直通天际,虽然不宽,但车辆少、路况好,欣赏着音响里播放的歌唱草原的优美旋律,平时淤积在心中的压力释放开来。远离都市的拥挤和喧嚣,尽情地呼吸着清新的空气,五脏六腑都得到净化。

驶离公路，把车开到草原上，铺上垫子，坐下呷茶，身边溪水潺潺，鲜花盛开，微风拂过，爽快之极：青青草原溪水流，地上野花频招手。牛羊成群鸟儿飞，天高云淡乐悠悠！

草原的天像孩子的脸，说变就变，一会儿就乌云密布。我们赶紧收拾行囊、钻进车内，驱车离开草原。

拉卜楞寺，是藏语"拉章"的变音，为活佛大师的官邸，是藏传佛教格鲁派六大寺院之一，被誉为"世界藏学府"，保留了最完整的藏传佛教教学体系，信徒众多，背靠苍山，河水环绕，金碧辉煌，宏伟壮观。大型佛殿顶部，均有鎏金法轮、阴阳兽、宝瓶、雄狮等装饰，古朴典雅，风格独特。

站在对面的山包上，俯瞰这规模庞大、气势恢宏的寺院，有感而发：拉卜楞寺阳光照，背靠苍山河水绕。法轮常转真净土，宝顶生辉信徒朝。

晚上，我们在乌泽林卡藏餐府品尝民族风情餐，这里环境雅致，服务周到，酥油茶口感不错，尤其是羊排嚼着特别劲道，也更有味道，三两白酒下肚，疲惫顿消。

走出食府，明月当空。草原上的月亮格外皓洁，今晚定会好梦连连。

7月3日

早上起来，窗外飘着细雨。简单地吃过泡面，就开车冒雨前行。沿着穿越草原的公路，窗外处处是风景，时不时地被横越公路的牦牛群阻塞，慢悠悠的牦牛也不怕汽车的喇叭声，引得我们频频拍照留念。

去往夏河机场的公路，途经碌曲县、尕秀镇。下午2点，我们终于到达尕海国家级自然保护区。

这里山水相连，不愧是人间仙境。变幻莫测的白云亲吻着远山，湖面上各种鸟儿自由自在地飞翔。尕海湿地是鸟儿的天堂，来这里生活的候鸟多达八十余种。我们来时烟雨蒙蒙，游客很少，鸟儿悦耳的叫声，更凸显周围的宁静，圣景如画：湿地寻梦在尕海，人间天堂候鸟爱。水草丰美牛羊壮，云烟蒙蒙雾霭霭。

郎木寺离尕海大约35公里，在甘肃和四川交界处的小镇，白龙江从镇中流过，蓝天白云下，郎木寺熠熠生辉，周围群山环绕，林木茂盛，风景优美，这里有着"东方瑞士"的美誉。寺前，清澈的溪水缓缓流淌，峡谷中挺拔的针叶松青翠欲滴。寺院里的喇嘛们躺在如毯的草地上，沐浴着和煦的阳光，一派祥和安宁的景象：峡谷青松水潺潺，蓝天白云鹰盘旋。

在镇上一家云南风味的餐馆用过餐，已是晚上7点多了，趁天色还亮，驱车驶上去四川若尔盖大草原的路途。

若尔盖大草原宛若一块镶嵌在川西北边界上瑰丽夺目的绿宝石，开车在辽阔的草原上奔驰，欣赏着天际边时时变化着的彩云，成群的牦牛在绿色的草地上悠闲地吃草，牧民骑着马儿和跟在身边的猎犬一起看护着牛群，眼前的一切如同一幅优美的草原画卷：地球之肾若尔盖，草原青青云多彩。月出苍山映晚霞，牦牛遍野悠悠哉！皓月当空、群山如黛之时，我们到达了若尔盖县城。

7月4日

早上，我们从若尔盖县城出发，向天下黄河九曲第一湾进发。

一路上，风光旖旎，群山连绵，广袤无垠。天空中云脚低垂，仿佛触手可及，白云不时地变幻着形状，像孩子们手中的棉花糖。草地上牛羊成群，山花烂漫，车宛如行驶在画中。温暖的阳光从天窗照进来，轻软的微风在车窗边拂过，让人不由陶醉在大自然的怀抱中。我们常会情不自禁地停下车来，拿起手机尽情地拍摄，偶尔摘一两朵野花插在车内。这里是满眼的翠绿，满鼻的芬芳，满耳的鸟声。若尔盖，若诗，若画！

黄河九曲第一湾景区自动扶梯总长538米，垂直高度158米，是目前世界上第一座高海拔自动观光扶梯，也被誉为"天下第一梯"。随着观光扶梯徐徐上升，黄河九曲第一湾美景尽收眼底。黄河之水宛如从天际边的远山白云之间飘然而来。如果说黄河流经陕西壶口形成的瀑布是一首波澜壮阔的史诗，那么若尔盖草上的第一湾无疑是一曲秀美祥和的序曲，带着草原的纯净，沐浴着鲜花的馥郁，积蓄着力量，以不可阻挡之势，向着大海奔涌而去……

从海拔3610米的高山观光台下来，已是下午3点了。去花湖的路不是来时的路，路上几乎没有车辆，景色壮阔，整个世界仿佛只属于我们。

到达花湖，已是下午5点。购了门票，坐观光车到景区，从观景的栈桥上信步走来，天水间云彩缱绻，湖面上鸟鸣清脆，湖畔五彩缤纷，斜阳下的湿地画廊宛如云端天堂：花湖湿地斜阳照，山远云低青青草。小鸟水中轻轻唱，花儿迎风含羞笑。

我们是最后一批游览花湖的客人，本想今晚梦栖湿地，观看草原上的夜色美景，但考虑到明天返回兰州的路途遥远，才决定乘着暮色，尽可能前行。

晚9点钟，到达甘肃玛曲县。看来，今晚只有在此安营扎寨了。

钱塘江观潮

正愁国庆假期后面几天该怎么度过,北京的几位老同学在朋友圈看到我在上海的消息,打电话约我一起去观潮。农历八月十五至十八日期间,正是观潮的最佳时期。于是我便带着女儿欣然前往。

乘半小时的高铁就到了嘉兴,下午5点游完南湖,朋友们才开车到达酒店。几位都是熟悉的高中同学和朋友,他乡遇故知,晚上免不了一场大酒,觥筹交错,谈笑风生,不知不觉上了头,回房间的路上,女儿不停地责怪我,酒又喝多啦。

第二天,我们早早地起了床,用过早餐,驱车前往钱塘江。

昨天还是蓝天白云,秋高气爽,今天却又天空如墨。不过,朋友们说这才是观潮的最好天气。

经过大约一个小时的车程,我们到达了海宁市盐官镇。车流如潮,必须乘旅游大巴才能进入观潮区。这里江面开阔,天际相连。广播里播报十二点半左右大潮才能来临,游客只得静心等待。

十二点半,大潮如期而至。江天交际处,一条白色的线条横亘江面,很快由远及近而来。一会儿只见波涛汹涌,雷霆万钧,大潮以排山倒海之势,呼啸而过。而后大潮逆流而上,经过平静的江面,不可阻挡地向西方上游奔腾而去……

2020年10月2日于浙江海宁

《高原之春》观后感

受陈非导演之邀，下午观看了由他执导的美丽乡村三部曲之《高原之春》。

剧情主要讲述一对农村夫妻坚守供销合作社的爱情故事。该片以小见大，反映了我省基层供销合作社多年来坚持为广大群众服务，在改革大潮中坚守"阵地"，保障供给，服务乡村百姓生活，助力乡村建设的动人事迹。

农村供销合作社在计划经济时代为广大农民提供了坚实有力的保障，后来随着市场经济的大潮和有关政策的制约，农村供销合作社几乎面临崩溃的边缘。如今，美国等少数西方国家实行单边主义，对我国科技发展打压限制，我国经济的发展还要依靠内需拉动，实现内部良性循环，因此，继续办好供销合作社，拓宽渠道，才能更好地促进乡村振兴。最近，习近平总书记也多次对做好供销合作社做出重要指示。陈非导演两年前就能敏锐地捕捉到信息，可见其对农村政策的了解。

本片言语很少，没有说教，通过一幅幅画面，挖掘人的内心，展现西北高原的粗犷民风。

　　这部电影不是一首赞歌，而且通过一个真实的故事，给观众留下深深地思考……

2020 年 10 月 11 日于西安